歌集

再演の無き

新井忠代

本阿弥書店

再演の無き＊目次

金属工芸作品　新井靖彦
第56回第一美術展「芽生え」
装幀　小川邦恵

歌集　再演の無き

新井　忠代

黄花亜麻

我が町の標本木と思《も》ふ眉山《びざん》　ひかりの濃さに季節を量る

鮮らかなあを噴き出して太りゆく春の眉山はデンデケデケデケ

電線の埋設されてアイロンを掛けたるやうな街並を行く

春彼岸大工町から寺町へ老母にあらぬ焼き餅を売る

大滝山の傾りの暗きに黄花亜麻電飾のごと耀ひてをり

阿波女をこよなく愛せしモラエスの植ゑたる花とぞ聖《きよ》らなる黄

軒低き旧居の跡にモラエスの像のみ在りて伊賀町閑か

へうたん島巡りの船ゆくケンチョピアかちどき橋より手を振り交はす

ビル一棟壊されたれば隠れゐし小さき家に春陽の当たる

だぶだぶの服着せられたマネキンがショーウィンドーに退屈してゐる

わが町にもインバウンドの兆しあり公共トイレに中韓英語

みどりの館

絡みあふ電線無くなり垂直の雨が降るなり広き舗道に

古空き家いつしか蔦に呑み込まれみどりの館と呼ぶことにする

幼虫のぎよつとする色翅に載せ揚羽一頭うるはしく飛ぶ

肉太の肉の字赫し闘牛の牛のやうなる肉屋の看板

もやもやと一人見てゐた雲だつた年長けて今同じ雲だよ

大橋の高きアーチは津波時の避難の場所に指定されをり

冷房の効きたる部屋に聞こえくる熊蟬の声涼しきア・カペラ

事事しき声張り上げる女性アナ　ミサイル発射成功らしき

「君だけを」深夜ラジオに聴きをれば在りし日のわれほろほろ溶ける

永遠など信じてはゐず愛情も電波時計も時として狂ふ

コスプレ少女

明けやらぬ国道疾駆する車何に怒りて何処へ向かふ

賑はひを失くしし町に途切れなく自動車だけが走つて行くよ

通りゆく若き男女の繋ぐ手は愛か証しかあるいは枷か

入水するをみな思はせ水ぎはにしだれ桜の川面に揺れる

川べりに降り立つコスプレ少女たち天の羽衣失ふなゆめ

わたしの領土

建ち並ぶユニクロはるやまＫＦＣ　狭間に青む早苗田のあり

大きなる銅像在れば浮かび来る太き綱もて引き倒されしを

草臥れたジーンズ緩く男《を》の子らがひよこひよこ行き交ふキャンパス界隈

電柱の影をよすがにぢりぢりと信号変はるを待つ昼下がり

出で立ちはリュック・ジーンズ・スニーカー前屈みにて信号渡る

路地行きて目にしたるもの歩く猫ラブホ裏口鉢植ゑの梅

スケボーを路地に練習する少女そよ風いつしか疾風《はやて》となりぬ

この星の一兆分の一ほどはわたしの領土小さき家建つ

先達見つつ

城址のラジオ体操石垣の上に立ちたる先達見つつ

もと手弱女もと益荒男ら一様に枯れ葉色して集ふ公園

コンビニにレジ待つあひだ藍毘尼《ルンビニ》は釈迦生誕の地など思へり

夢買ひに行きしデパート閉業す花散るごとく暗みゆく街

店内にオペラのアリア聞こえきて私の心吊り上げられる

ひと日のみシャッター街に開かるる産直市の賑はひ侘し

登校の子らはダウンに包まれて雪降りかかる地蔵の前過ぐ

雪降らぬ街となりたり眠らない太郎次郎が夜の車内に

赤・青は仮眠とるらし黄信号ゆるく瞬く夜更けの道路

そぼそぼと冬の巷に降る雨は行きて帰らぬ時の葬列

踊れぬ阿波女

阿波国の大粟神社の祭神の大宜都比売《おほげつひめ》ゆ五穀は生《な》りき

幾重にもあをく連なる阿波の山　屏風のやうな夏雲立たす

阿波国は土御門院崩御の地　阿讃山麓に火葬塚あり

大鳴門橋の真下に渦潮生まれては消え消えては生まる

時にうどん時にパスタに為り代はる半田さうめん歯応への好し

給食のそば米汁は米とれぬ祖谷《いや》に生まれし郷土の料理

踊る見るどちらも阿呆《あはう》と言ふけれど我は踊れぬ阿波女なり

三味線に阿波踊りもて迎へけり田舎道来る花嫁行列

線路走る乗り物なべて汽車と呼ぶ我がふるさとに電車は無くて

デパート無く商店つぎつぎ姿消しパーキングのみ増えゆく県都

虹色のベルト

鳴門市の姉妹都市であるリューネブルク（ドイツ）訪問

亡き夫のカバンの腹に虹色のベルトを締めて向かふ空港

ワゴン押し狭き通路を行き来するコーカソイドの腰の高さよ

雲間より見下ろす丘は黄に染まるバイオ燃料菜の花なりや

ハンブルク空港

マロニエの白き花咲き絮《わた》が舞ふみどり滴る国に降り立つ

アウトバーン時速二百は飛ぶやうで天国行きにをののいてゐる

野に丘に巨鳥のごとき風車立つ脱原発を決めたる国の

夜十時の明るき空にこの街の冬の陰鬱考へてをりぬ

屋内にべたつと座る場所のなく畳恋しと足が訴ふ

リューネブルク

レストランに街の市場に出盛りのホワイトアスパラ春を呼ぶとふ

台風も地震も無き地は五百年の歴史持つ家平然と在り

リューデスハイム

みやげ屋の陳列棚の隅にゐる招き猫と会ふラインの岸辺

ケルン大聖堂

聖堂の階段の壁あますなく埋める落書きもはや歴史に

ボンのベートーヴェン・ハウス

音楽室の壁に見上げし楽聖の生家を訪へば低き天井

数十年異国に暮らす同胞の瞳に見ゆる薄き鎧よ

ＥＵの是非はさておき隣国にちよつと買ひ物羨ましきを

蔓延る看板

お迎への園児待つごと空港のターンテーブルにカバン探すは

遠き峰電線つばめ青田風空港出づればあなにやしやまと

海・山がすなはち城壁　日の本にかつて城郭都市の稀なり

道端に蔓延《はびこ》る看板電柱を見れば安堵すああ日本なる

屋外に洗濯物干す国に生れ陽の匂ひする布団に包まる

列島はうぶすなにしてわが祖国このまほろばに命繋がな

水玉模様

日の丸で子らの服縫ふ母のゐき戦敗れて間もなくの頃

麦飯と目刺しがあれば上等と母の言ひける時代でありき

去つていく車が角を曲るときミラーに見たり辞儀する母を

病む母の腕に触れゐて目覚めればベッドガードの冷え冷えとあり

寝たきりの母の読みゐし七冊の『橋のない川』書架に橋架く

亡き母の笑顔偲ばる　渋柿のぷよぷよ熟れしを口に含《ふふ》めば

麻痺残る手で里芋の皮刮《こそ》げ持たせてくれし母は在らずも

若き日の母を想へば顔無くて簡単服の水玉模様

薬売り

紙製のランドセル負ひ入学しき黄のチューリップ冠《かぶせ》に咲かせ

このは笛むぎ笛くち笛あの頃の野道のメロディー蛙もゐたつけ

行李より出でくる風船うれしくて年に一度の薬売り待ちき

メイ虫の卵の付いた稲の葉を集めてお金をもらつた教室

昼食を食べに帰つたツトムちやん午後の授業は戻つて来ない

ピアノなど触れることなく習ひたり入試のための紙鍵盤に

Aラインのワンピース着て微笑めばたちまち王女になれた遠き日

目を伏せた「花嫁」姿に魅せられき蕗谷虹児は若き日の夢

つなぐ手の湿り気だけをありありと思ひ出しをりフォークダンスの

ジーンズのダメージ加工の若者よ鉤裂き繕ふ時代在りしを

ドラえもん・ちびまる子ちゃんよく知らず一緒に生きてきたはずなのに

歪な餡もち

庭先に構へた竈《かまど》に米を蒸し近隣集ひ餅搗きし年の瀬

男衆《をとこし》の搗きたる餅を女子衆《をなごし》がすぐさま丸め麹蓋《もろぶた》に並ぶ

大ぶりの丸餅三つ四つ平らげし雑煮の具材は芋と大根

門付けの三番叟《さんばそう》まはしやつてきて木偶《でこ》のえびすに福授けられき

鏡餅の青かび赤かび刮《こそ》げ取り火鉢に焼くころ梅ほころびぬ

スーパーで何時でも買へる今どきに歪《いびつ》な餡もちクールで送る

天窓のある屋根裏の部屋に住み星眺むるが憧れなりき

設計は高島暦を重視せり動線多き我が家の間取り

すつきりとシステムキッチンになりたるを荒神様が棚より見下ろす

ＩＨ使ふ厨にをさな児は燐寸《マッチ》・炎を知らずに育つ

ああやつと今日で古米を食べ了へぬ明日は艶めく新米炊かむ

きのとひつじ年

ホスピスの長かりし夜に氷つぶ含ませやれば美味いと言ひき

夫逝きてわれに霊力有るごとくパラレルワールド行きつ戻りつ

もの思ふ基点はきのとひつじ年われ独り居となりし五月よ

墓参りは晴れた日にせむ青空を住処と決めて逝きたるからに

朔日が月命日のひとのため樒を抱へ墓参の元日

じふぶんに生きられなかつた人だから墓前にあげる線香大束

いい夫婦の日なんだつて仏壇の夫に話せり霜月あした

日によりて優しかつたり惚《とぼ》けたり遺影の夫に話し掛ければ

亡き夫に今なほ届くＤＭを彼の世へ転送「買《こ》うてもええよ」

夫逝きし年のカレンダー吊りおけば止まつたままの時が褪せゆく

救急車呼びたるときの解錠を案じてをりぬ一人暮らしは

「アホちやうん」と言へば答へる「ほんまアホ」独り芝居に私を許す

どうも上手くいかないのです独り居は箸一本でうどん食ふごと

どの部屋も疎開の人で溢れゐし時代のありしが嘘のやうなり

一人旅デビュー果たせりいつの日か亡き人住むとふ彼岸へ行かな

「お主やるな」取説《トリセツ》取り出し掃除機の不具合直す援《たす》け借りずに

飯時を何時に決めても文句出ずぼっちソロ活そこそこ楽し

ぢいちやん

子の贈りくれたる盃欠けたるをボンドで接ぎて使ひき夫は

孫子らの帰省の集ひのスカイプに鴨居の額の中よりぢいちやん

見えねどもおまへの笑顔のその先にぢいちやんは居たカメラ覗いて

炎上せし首里城バックに写りをる眼鏡のぢいちやんあの熱き夏

少女の弾く「エリーゼのために」客席に見入る祖父母の幸せのかたち

シャベル担いで

「早う食べ」「早《は》よせなあかん」追ひ立てて育てたる子は大の亀好き

出産のベッドに横たひよど号の事件知りけり　子はけふ知命に

親に似て生真面目なる子のすることはおほよそ分かる解るが愛《かな》し

たいていは思ひ通りにならざるに虹を待ちをり土砂降りの中

子と言へど如何な分かりあへぬこと幾《いつ》つか避けて話してをりぬ

不審音に驚き電話掛けたればシャベル担いで息子現る

ケイタイに仕事の段取り話す子の常には聞かざるいつぱしの声

縁なくば安けきことも親族《うから》ゆゑ触れてはならぬうばらも在りぬ

根つからのハタラキアリか休むより働く方が実は愉しき

有るときも無きときもまた気遣はし子からのたより土鳩の鳴く声

けふより令和

川沿ひに蜂須賀桜咲きそろふ風やはらかき令月の苑

歳月に敢へて色付け塗り分けるきのふ平成けふより令和

くさぐさの平積みされたる万葉集いちばん薄きを買ひきて読めり

人麻呂と蕪村の詩歌諳んぜし彼の春の日の山の端の月

いつ見ても「此処だ」と思ふ東歌「ここだ愛《かな》しき」さらさらをとめ

生まれたる吾児も知らずに海越えて征きける父か昭和の防人

さいとうさん

斉藤さん斎藤さん齋藤さん間違へぬやう怒られぬやう

今はもう書き言葉にも見ぬをんな醜女《しこめ》石女《うまずめ》端女《はしため》貞女

熾《おこ》す煽《あふ》ぐ焼《く》べる落とす厨辺に火を統べ ながら煮炊きしたりき

勸工《くわんこう》場《ば》で買ひ物するると書かるるを何の缶詰などと思ひき

賜るなら民はいづれを欲《ほっ》しきや絹布の法被と憲法発布

生真面目に唱和すること気恥づかし社訓・万歳・シュプレヒコール

感想を聞かれて子らは一様に「おもしろかつた」さうでない子も

よろしければ

「見づらい」を見ればすぐさま「見にくい」と読み替へながら眼宥める

「食べれる」が「食べられる」となるテロップに喉の骨取れさらさら食べる

差し上げるつもりは無きにセールスの話の語尾は全て「いただく」

その度に確認ボタン押すを強ふ「よろしければ」とＡＴＭは

納豆の糸曳くごとく徒に伸ばすことばよ「方《はう》になります」

ヒリヒリかまたピリピリかビリビリか皮膚科医の問ひにとにかく痛い

犬猫用ペットフードが登場し遣るは上げるに飼ふは暮らすに

「ただ……」

八ツ橋のパリパリが好きさりながら泣きたきときは餡入りの生《なま》

短冊に「ここはごくらく」と書く老女ごの字らの字の傾ぎてゐたり

「違ふだらう！」キリキリなじる声聞けば女である身のなぜか悲しい

またしても「断じて容認できません」だからどうする歯軋りをする

束の間を安心させて手を離す「ただ……」とふ言葉　忍び寄る影

「夕つ日」を検索すれば「憂鬱日でありませんか」と問ひ返される

どつと笑ふ理由《わけ》分からぬもとりあへず微笑むときのラグが淋しき

つかのまの静寂恐れケイタイに涎のやうに言葉を垂らす

言霊の幸ふ

老友が只今コンカツ中と言ふパソコン講座に通ひをるらし

申告の書類に記さるる寡婦控除さうだ私はカフだつたのだ

それぞれに「マジー」と驚き「嘘！」と言ひ「ほんま?」と叫ぶ噂話に

幾度もテレビに聞かるる「オイシーイ」の筋書きどほりに食傷してをり

言霊の幸《さきは》ふ国にトリアージ、ロコモ、フレイル生煮えの語あふる

「ご冥福をお祈りいたします。さて次は」キャスターの顔たちまち弛む

鴉がわらふ

文字通り寒き村なり雪風巻《しま》き鴉の他に動くものなし

いちめんに低く覆へる黒雲の腹見上ぐればカラスのよぎる

二間《にけん》ほど離れた場所より横見するカラスの目線は生ごみ袋

庭隅のメダカの鉢に網張ればぐわつぐわつ騒ぐ被疑者のカラス

今やもうカラスに非ずコンドルの足跡のやう我がまなじりは

真実は羽裏に在るとぬばたまの夢の中にて鴉がわらふ

ミネルヴァの梟

小雀はチョンチョンチョンチョンと虫を追ふこの家の婆は糊作らざる

街なかのわが家の軒の注連縄の稲穂見つけて騒ぐ雀ら

無精卵５００ほど産みて雌鶏は「ステイケージ」の一生《ひとよ》終へたり

捕へられ毟られ焼かれ飾られて皿に仰向く七面鳥《ターキー》一羽

春日浴び微睡《まどろ》む耳を撫づるごとググークークークー山鳩の声

サティアンに潜みしオウムの捜索に連れて行かれし籠の金糸雀

ミサイルの飛距離に騒ぐ人間よ俺たち自在に領空越える

天空を渡る鳥たち自らの力尽きれば墜ちゆくのみか

雷鳥は北陸路より飛び立てりサンダーバードに後を託して

街路樹に蝟集《ゐしふ》したれる椋鳥の亡きがら終ぞ見掛けざりしを

黄昏の世にミネルヴァの梟は何処に向かひ飛翔してゐむ

でんでん虫

でんでん虫あまた捕まへ食べし日のトタン屋根打つ雨音忘れず

殻を捨て身軽になつたナメクジがでんでん虫を妬む日もある

鳩尾《みぞおち》の百足に似たる傷痕に時をり触れて四十年経つ

五年余の絶食の後死せりとふダイオウグソクムシの哲学

わが流す水に溺れしアリンコが程なく動きて明るきあした

壁の染み雑巾片手に近づけばツツと動きぬ黒き蜘蛛の子

いぢめつ子なる今日のわれ蜘蛛の巣の見事に張れるをぐちやぐちやにしつ

一人居のはずの我が家にゐさうらふ蟻・蜘蛛・守宮《やもり》ときに蟋蟀《こほろぎ》

殺虫剤滴るほどに振り掛けてわれの裡なる悪意葬る

害虫と呼ばるる理不尽俺たちも生きて子孫を残さねばならぬ

美味き場所

羽化したる蝶の飛び交ふごとくにも白きシャツ増ゆ初夏の園庭

愛らしき飛蝗ひねもす紫蘇を食み見事に仕上ぐみどりのレース

ときに遇ふアゲハ紋白昔より小さく見えたりいのちが痩せる

いつの世も時節に後るる輩ゐてあやふやに鳴く十月の蟬

麦藁で編んだよ帽子も虫かごも傷めば燃《も》して土に還した

美味き場所選びて紙魚は食ひたるか古書に残れる迷路めく痕

命懸けて吾《あ》を恋ふるごと付きまとふ晩夏のやぶ蚊打てど払へど

トーストに塗る一匙に思ひをりはたらき蜂の労働対価

幸せの極致のままに億年を琥珀の中に眠りゐる蠅

巨大な図体

斯くまでに巨大な図体浮かばせて泳ぐマグロのそら恐ろしも

知らぬ間にレッドリストに載つてゐたメダカの学校新入生ゼロ

焼きたれどジュージュー脂の滴らず脇差ほどの今年の秋刀魚

産地太平洋南部とある鯖缶に魚も住所の有るものと知る

サビキ針に掛かりし河豚を突つつけば腹膨らませ鳴くがかはゆき

付き合ひは河豚喰ふごとし美味けれど互ひに毒を蔵する身なれば

見た目よき雌雄めあはせ幾世代水中花のごと金魚の生まる

銀のたてがみ

着メロは「ふるさと」にせり日に幾度うさぎを追ひて小鮒を釣りて

のちの世は天上世界に棲みたいね土竜の夫婦が地下で呟く

虎児《こじ》なんて要らないだから虎穴には入りたくないきつと喰はれる

サルの群れ身体寄せ合ひ暖を取る原始のヒトの表情をして

笑ひ呆ける人間どもを余所に見て媚び諂《へつら》はぬゴリラの眼

老獅子の貌もて大洋渡りたる堀江謙一銀のたてがみ

背を丸め手を突き脚を折り畳み座るわたしは駱駝となれり

げんげ畑

蕗の薹ツクシたんぽぽ遠き日の春を想へば饑《ひだる》かりけり

烏羽玉の黒眼の花に見据ゑられ身動きできずソラマメ畑

居酒屋の前に置きたる鉢植ゑの豌豆一本に莢の膨らむ

銀《しろかね》も金《くがね》も如かず莢の内にスクラムを組む翡翠のゑんどう

春あらし倒れ伏したる水仙の胸から上を窓辺に飾る

桜伐られ花咲ぢいさんゐなくなり跡にしらじら駐車の区割り

菜の花の向かうに見えてゐた未来　菜の花散りてあれは幻

明日世界が滅ぶなら雲雀鳴くげんげ畑に横たはり待つ

桜より梅

尖りたる枝に甘噛みされながら捥ぐ梅の実は葉陰にまろく
梅の実のさはに熟るるを見上げれば梅酒梅干し作らざるを得ず

竿をもて採らむとしたる梅の実にゴッンと撃たる頰骨辺り

クエン酸入れたる刹那マゼンタの狂気あらはる紫蘇の葉煮れば

梅の木の葉にしがみつく空蟬よ落ち葉となるまで夏を揺れつつ

花を愛でメジロを眺め実を食す庭に植ゑるは桜より梅

梅の木の徒長枝のごと伸びる子よ実らぬとても天辺目指せ

皇帝ダリア

どくだみの地下茎べりべり剝がしゆく疫病はびこる葉月の庭に

炎天をめきらめきらと伸びてゆくメヒコ原産皇帝ダリア

三本の支柱に括られ高く咲く舶来ダリアはか弱き皇帝

道ばたの暗渠の蓋のあはひより夏草は生ゆ小さき小さき花

渡る人滅多に居らぬ歩道橋エノコログサが気ままに育つ

分離帯に我が物顔の夏草を抜きたくてならず敵倒すごと

日盛りをチリチリ喘ぐ草花に水遣らぬといふ虐待もある

空《くう》をゆらゆら

鉢植ゑのトマトのあをく匂ひをり夜露に湿るしののめの庭

盆過ぎて一気に熟れるミニトマト在庫一掃セールのごとく

たまきはる命も旬のあると思ふ切れば水噴く真夏のきうり

覗き込む井戸の水面《みなも》の瓜スイカそこそこ冷えしを鎌もて割りき

頼るべき支柱無けれど壁を這ひ屋根席捲す　琉球朝顔

芳しき夢を蕾に包みゐてカサブランカは一夜を眠る

縋るもの探しあぐねるわれと思ふ朝がほの蔓空《くう》をゆらゆら

追憶は苦く酸つぱく真愛しよ土手のスカンポ手折りて嚙めば

高カカオチョコ

夜に咲き夜に蜜吸ふ花と虫よひまち草の黄《きい》のはかなげ

くたびれて座るベンチの足元にギンナン一つ音たてて落つ

ため息に零れさうなる黄を湛へいちやう一樹の表面張力

死人、地獄、捨子、幽霊、曼珠沙華　千の名を持つ天界の花

はみ出してゐるは大抵青い葱ドラマの中のレジ袋より

角の無きあなたの言葉の欠片から拾ひ上げたる高カカオチョコ

百葉箱

ホースもて水を放つも崩れざる枯れあぢさゐの依怙地愛しむ

柊の黒くつぶらな実を知れば鋸歯の痛きも赦してしまふ

事故現場に献花の高く積まるるも悼む心の日日褪せてゆく

極寒に枯死するくさばな萌芽する草花ありて宿命を生く

学校の中庭に在りし百葉箱なか見ざるまま思ひ出の景

冬近し柄にもあらぬ孤愁とふ文字に親しみ落ち葉掃きたり

夕凪といへど微かに揺れてをり銀モクセイの木末《こぬれ》のわか葉

につぽんは悪くないのよただ在りて桜咲かせるだけでいいのよ

クルーズ船

対岸の火事と見てゐしウイルスの類火延焼世界が燃える

憬れのクルーズ船はゆくりなく病葉となり世界ただよふ

店晒しのマスクたちまち捌けゆけり令和二年の春まだ浅し

白蝶の異常発生見るやうに列島あまねくマスクに覆はる

要請に「出たがりません勝つまでは」この憂鬱はいつか来た道

マスクせぬ人を見る目の刺刺し嗚呼ここにも居る自粛警察

夫在らばマスクはむろん検査キット防護服まで買ひに走らむ

県外ナンバーの車を見張るとふ歴史の闇の自警団よぎる

小さめのマスク

ギギギーッと車輪軋みて世の中がでんぐり返りすコロナ禍の波

阿波藍の色濃きマスクに顔覆ひコロナを語る徳島県知事

閉ぢ籠る暮らしの続くひと月に花咲き花散り新緑眩し

靄の中たゆたひ生きる人の言ふ「ウイルス撒きのぢいさんがをる」

感染者の都道府県別一覧の紙面に一喜一憂の日日

コロナ禍の面会禁止の病棟に甚く静かに死が忍び寄る

小さめのマスクに歪む宰相の疲れた顔のメランコリーよ

会議中机上に並ぶ「おーいお茶」給湯室は静まりてをり

QRコード

マスク着けフード目深に街をゆく烙印隠す罪びとのごと

QRコードみたいなわが顔読み取りて「正常です」と機器は告げをり

コロナ禍のレジ横に見る貼紙の「舐めた紙幣は受け取りません」

彼もまたエッセンシャルワーカーなり宅配の荷を謝しつつ印押す

ＰＣの前に好物並べるも食べてはくれずオンライン帰省

棚経の僧マスクして現れぬ位牌の前にシールド要らぬか

本堂の扉閉ざされ人気《ひとけ》なし薬師如来も自粛中らし

感染者減のニュースに寛ぐ夜ウイルス密かに変異しをらむ

たけき者

感染者増えゆく記事の裏側に二頁まるまるＧｏ Ｔｏ Ｔｒａｖｅｌ

ワクチンの予約できたと誰彼に吹聴してをり手柄のやうに

「ラクチンはもう済んだの？」とメールあり笑ひて後に「ワクチン楽ちん？」

ワクチンの初回接種後スーパーの空気が軽くなつた気がする

言ふだらう「あの頃は皆ワクチンを予約するためキリキリしてたね」

ワクチンを買へぬ国あり買ひ過ぎて棄てる国あり国ガチャなるか

時をりは彼の世とリモート歌会せむ受賞も知らず去年《こぞ》逝きし友

「たけき者も遂には滅び」めでたしで終はらぬやうだアフターコロナ

ゼロコロナかウィズコロナかウイルスの顔色診つつ試行は続く

端を発しき

断捨離に手を拱いてゐる日日のテレビニュースに逃げて行く民

脱出の子らの分厚き防寒着ウクライナの春いまだ遠しも

白球を追ふ少年のゐて砲撃に殺さるる子もゐる春彼岸

ウクライナ侵攻の記事嘆きつつ今日は火曜日不燃ごみ出す

ウクライナ侵攻に重ぬ　大戦は満州事変に端を発しき

侵掠は何時でも何処でも同じ貌　独裁主義者の「撃ちてし止まん」

覇権とふ僂きものに憑かれたる英雄気取りに追はるる無体

念入りな化粧ほどこす准教授俯きがちにウクライナ語る

力込め海彼の戦語りゐるをのこの顔に〈ごつこ〉の欠片

戦ひを無くするために戦ふとふ矛盾のために戦無くならず

名ぞ哀しかる

軍服の婚礼写真撮りてすぐ新郎は発ちき南方戦線

わが生れしときの神宮外苑に出陣学徒は雨に濡れゐき

ヒロシマに死が降つた日の日輪を見てゐた筈だ嬰児の眼で

搭載機は機長の母のエノラ・ゲイ名ぞ哀しかるリトルボーイも

背囊《はいなう》負ひ野の道歩いて来た人を復員の父と知らされし夏

母子寮のＭちゃんの部屋の片隅に置かれた位牌は戦死の父さん

この辺に防空壕のありしとぞマンション建ちてはや五十年

エアコンの効きたる部屋に黙禱す蟬声しるき八時十五分

七十五年想ひつづける難しさ総理の言葉に抑揚もなし

核兵器を玩具のやうに弄ぶ首脳の顔にスズメバチ止まれ

会議は踊る

復員の父より聞きしジャワ島のドリアンの臭ひ未だ知らずも

名にし負ふ彩帆《サイパン》の海に若きらはつゆ思はざらむバンザイクリフ

勅語文歌うたふやうに唱へをる園児の無邪気われら愧づべし

帽垂布《ぼうたれぬの》の園児ら見れば密林に潜みし兵士の姿がよぎる

軍持たぬ国にありてか角ばらず防衛省の看板の文字

鉄筋を補強するのか替へるのか会議は踊る改憲論議

理不尽は貧へ弱きへ下ろされて世界カースト逃るる術なし

大谷《おほたに》翔平のヒットに沸く時ミサイルがシリアの空を目指し飛び立つ

「テロに遭つた日本人はをりません」安堵して了る　死者多かれど

戦場を難民キャンプを巡りゆく車に大きくＴＯＹＯＴＡと書かる

アフリカよりヒトは世界に広がれり太古の道を辿る難民

敵の影

メルケルを思ひ出すのに十分余アから始めて三十四文字め

頑張るな無理をするなと言はるるをさういふ歳になりぬと思ふ

わが脳に劣化してゆくアーカイブ再生できず「あれ、それ、あの、その」

嗤ふべき思ひ違ひに気づく時影なき敵の影が見えたり

石鹸はネットの中に痩せながら我が手のひらの形なしゆく

職退きて十七年経つ　ペンだこもいつしか消えて皺深き指

広げたる薄き布団に躓きて尻もちつけりそのまま寝たり

どぎまぎします

胃の辺りチクチク痛むは呑み込みし一寸法師のせゐかもしれぬ

それ以来生鯖《なまさば》食へずアニサキスの胃壁に潜るさまを想へば

老いの身はどぎまぎしますこんなにも医師看護師の愛想がよくて

今日会つたばかりの医師にわが命予測されたり頷く他なく

わが脳を頭蓋を縛るもの嫌ひ帽子ハチマキ予定約束

「大丈夫」思つてなくても言つてよね君が言ふなら私信じる

消灯後寂しき声を聴いてをり病棟の隅に公衆電話

病院食の不味いといふは偏見ぞ松とはいかねど梅よりも上

浮雲の笑む

塊の悩みに同じ希望載せ心の杠秤《ちぎ》を水平にする

引つ張られ圧され熨されて息止める蕎麦打つやうにマンモグラフィー

十年来のエコー写真に二個並ぶ真珠のやうな胆石かはゆし

心を売る身体を売るの違ひなどよしなしごと思ふ点滴さなか

誰彼にやはらかき身を差し出せるボックスティッシュの優しさ愛し

漆黒の闇に稲妻走るとき動脈瘤の破裂しさうな

脳も胃も腸もわが身でありながら永久《とは》に見ざらむ月の裏側

「異状ありません」聞きて見上ぐる冬空にひとときは白き浮雲の笑む

多少の負荷

ラジオ体操胸を反らせば秋雲の欠片のやうに半月の浮く

節節の痛きを嘆けば子の言へり「多少の負荷は老化を防ぐ」

戯れにブランコ漕げば脳内の軟らかきものぐらりと揺れる

年とるとあちこち痛むぢやないですか年相応と言ふぢやないですか

健康のためには命も惜しまずや雨風強きに散歩する人

「猛烈な、見たことのない、危険です」戦時のやうにテレビが叫ぶ

だれかれに電話をしたき日のありて小窓を開き深呼吸する

饑神《ひだるがみ》お出ましになる巳の刻はアメを差し上げ日ごと宥める

溜息は

牧水の越えし山河いかほどかわが心には襞なす山並み

くちづけをすれば日向《ひなた》の味のするハーモニカ吹く夕焼け小焼け

アンケートの十歳刻みの年齢に七十以上は～《はせん》で括る

なんたつてバナナは黒いのが美味い何を恥ぢてか隠れて食べる

わが脳は七色ありて日替はりに塗り潰される今日はムラサキ

溜息は特効薬なり一日のあれやこれやを闇に吐き出す

みづからは咥へタバコに男《を》の子らの喫煙叱る教師ゐたりき

国により血の色微妙に異なるを戦のドラマ観てゐて気付く

博物館に頭蓋骨見て羨みぬ古代の人の歯並びの良き

そこそこに健やかなるは負ひ目なり周りのだれかれ病を持ちて

捨てる

古釘をギギッと軋ませ抜きたれば百年目の穴息づき始む

箱蓋に弘化と墨書の漆器類エエイッと処分す御先祖様ゴメン

捨てる人捨てざる人の謂訊《いひ》けばいよよ迷ひは深まるばかり

遺すより捨てるが感謝されるはず荷造り紐に思ひ出縛る

戦後とふ風呂敷解けば積まれゐる自由貧困混沌漂流

ちよつとだけゴミ捨てガイドに叛きたり不良老女になりてふふふふ

戦陣訓・配給切符出てきたり遥か義父母の暮らし憶へり

著者死すとふ記事に書架より取り出せる『マディソン郡の橋』に屋根あり

四冊の日記処分せし書架の隅十五センチに冬陽の当たる

功労賞を

つぎつぎと片付けていく心地よさ嫁《かたづ》けられて五十年が経つ

納屋隅の挽き臼石臼え捨てず惜しむにあらず重くて動かぬ

しがらみときづなの軽重問ひながら手放す残す棄てしを取り出す

物棄てし後の心の湿り気の乾き切るまで北風の中

役立たずと見られしゆゑに生き延びたる縄文杉に神の宿れる

不用品かたづけ続けて一年余我とわが身に功労賞を

誕生木の辛夷を伐りて二代目に植ゑしモクレンけふ花開く

出会ひより別れのはうが詩《うた》になる決別はまた希望の芽吹き

拒否権

意味もなく走り出すのが子どもなら理由ありても走れぬ老い人

五十年ぶりに会ひたる友の面《おも》描いたやうなマリオネットライン

イチローもキムタクもまた衛星の軌道ゆくごと歳重ねゆく

鐶《くわん》持ちて立ち上がりしはいつの日かノッペラボウの家具ばかりなり

名を聞けば夢の暮らしが待つやうな老人ホーム〈コートダジュール〉

かはいいなど言はれたくなし殊の外扱ひ難し老いの心は

依頼者も引受人も老い人なり労りあひつつ庭木剪定

若さとは時に残酷わたくしの先づは見ざらむ未来を語る

生に一回きりの拒否権のあらば使はむ征く前逝く時

つば広帽子

分銅を取り替へながら量りをり風袋抜きの悩みの重さ

「防ぐ飾る護る識らせる」帽子なり我がつば広はもちろん「隠す」

それつきり遇はぬといふこと数しれず茶店に見合ひをせし人なども

事故あらば一緒に果つるかもしれず隣りの席の人を見遣りつ

ふたたびは会ふことなからむ善い人を装ひながら別れてきたり

人生は棺を蓋うて定まらず毀誉褒貶は千年経ても

ときに褒め諫め励ますわが心ペット飼ふごと馴らしてゆけり

笛吹き男

並びゐる新生児の顔似かよへり始まりはみな善人なるか

ゆくすゑの幾歳月を飢うるなく達者に暮らせ食ひ初めの膳

飢ゑた児の眸ひときは大きくて黒き光がわが胸を射る

うそ寒し遊ぶ子どもの声聞けば先づは苦情を言ふ人らゐて

澄んだ眼の素直な子なりき容疑者に至る世過ぎの四十年思ふ

前髪に色ごちやごちやのヘアピンの×形三つ留めたる少女

間違ひも花も事件も「個」で数ふその幼さに誤魔化されさう

いつの世も笛吹き男の現れて妖しき音色に曳かるる子らをり

怪しき音《ね》に誘《いざな》はれゆく我らかも笛吹き男は斑の服着る

朝の扉

けふといふ一日《ひとひ》に何が待たむとも開ける他なし朝の扉を

フリップを貼つて捲つて裏返すニュースショーなる紙芝居視る

来客も電話メールも無きひと日塩漬けの梅天日にさらす

幸せを小刻みにするが生きるコツ吉野家の牛丼初めて食す

女らしいピンク色とふ記事あれど素直に読めぬ昨今である

涙腺の不意に弛みてわが裡の涸れずにゐたる泉に気づく

解体の現場も知らず紅バラのやうな牛肉パック詰めを買ふ

小さきも高品質で低価格　家電にあらず葬儀のチラシ

川渡り花街道を行くといふ彼の世のマップあらぬかグーグル

朝折れし心に引きたる補助線を支へとなして立ち上がる夕

背後には物の怪のごと赤銅の翳の憑きをり皆既月食

再演の無き

遠き日の藁屋の居間に点りゐき裸電球聖火のごとく

雲は亡き人の形代なりと言ふさしづめ夫は鰯の一尾

「人生はただ過ぎてゆき誰もかも亡くなる」横田早紀江さん言ふ

引き波に足裏《あうら》の砂が浚はれるもう還り来ぬ昨日の暮らし

生きるとは再演の無き芝居なり日日シナリオを書き継ぎながら

千早振るかみはふつさり黄金いろ人間《じんかん》語る美輪明宏の

かぜのとの遠き海境《うなさか》想ひつつ佇みゐたり夕映えのなか

いつぽんの真つ直ぐな道貫きて荒野は人の支配下となる

羽ペンに北斎ブルーのインクもて書かばゆかしき詩歌生まれむ

解説

梅内美華子

このたび新井忠代さんの第一歌集制作のお手伝いをすることになり、四国徳島にお住まいの新井さんと東京の私とのあいだで郵便やメールでの交流が始まった。

今秋に八十歳を迎えられる新井さんは、パソコンの操作はお手の物のようで、歌集草稿や再構成の入力、メール送信などは若者と同じくらいの速さでこなしていらっしゃること、本もAmazonに注文して取り寄せていることに驚きを覚えた。新井さんが向学精神を保っていること、そしてIT活用に取り組み時代の変化についていこうとする意志がうかがわれたのである。

新井忠代さんは一九四三年（昭和十八年）に徳島県南井上村（現徳島市）にお生まれになり、一九六六年から二〇〇三年まで三十七年間、主として徳島県内の公立中学校で社会科教員として教壇に立ってこられた。同じく教員であった方とご結婚し、二人の息子さんに恵まれた。二〇一五年に夫を亡くし、一人暮らしをしておられたが、最近二世帯住宅にリフォームした家にご長男の家族が引っ越してきて三世代の同居となり、心強い暮らしとなったそうだ。買物や時々の通院など身の回りのことは一人できちんとできていらっしゃるとのこと、家事や読書、作歌などをしながら日々を送られている。そういう背景をメールでお知らせくださったのだが、私はそうした暮らしぶりや環境に安心するとともに新井さんの生き方に対する意思を感じたのだった。

短歌は教員退職後に始められた。高校の恩師であった斎藤祥郎さんに誘われ「徳島歌人」に入会し、その後二〇一三年に歌林の会に入会、七十代に入りますます短歌の学びに積極的になられていった。

歌集前半には生まれ育った徳島の風土や習俗が詠まれている。

鮮らかなあを噴き出して太りゆく春の眉山はデンデケデケデケ
阿波国の大粟神社の祭神の大宜都比売《おほげつひめ》ゆ五穀は生《な》りき
幾重にもあをく連なる阿波の山　屏風のやうな夏雲立たす
大鳴門橋の真下に渦潮生まれては消え消えては生まる

阿波女をこよなく愛せしモラエスの植ゑたる花とぞ聖《きよ》らなる黄

軒低き旧居の跡にモラエスの像のみ在りて伊賀町閑か

眉山は徳島市の中心市街地に接するなだらかな丘陵でシンボル的存在だという。作者は毎日眺めて人生を過ごしてきたにちがいない。緑にそまってゆく春の山を噴き出す、太りゆくと力強い動詞で描いたあと若者がロックを呼んだ「デンデケデケデケ」の音で生命力を表しているのがユニークであり、作者の弾むような期待感がある。

上一宮大粟神社は阿波国一宮「天石門別八倉比売神社」の論社の一つで、社伝によれば大宜都比売神が伊勢国丹生から阿波国に来てこの地に粟を広めたという。二首目は穀物の女神の豊かさに起源を見た作者なりの国誉めの歌である。

南国の空にもくもくと生まれる夏の雲は屏風という比喩によって大きく立体的に捉えられている。鳴門海峡の別名「大鳴門」を冠した橋には遊歩道「渦の道」

が建設され、その真下の渦潮をのぞくことができる。大きな潮位差と速い潮流から生じる渦潮の絶え間ない運動は発生と消滅の現象を見せ、作者をはじめ人々を大自然の力が教える哲学へといざなう。

モラエスは明治期にポルトガル神戸総領事を務め、その妻ヨネの亡きあとはヨネの故郷徳島に移り住んだ。『徳島の盆踊り』などを著し日本の文化を海外に伝えた人で、黄花亜麻はモラエスの花と呼ばれ地元の人に親しまれているという。作者はふるさとの歴史、風土のダイナミズムや忘れられゆく静けさに触れながら、時の流れを確認するかのように言葉に留めようとしている。

時にうどん時にパスタに為り代はる半田さうめん歯応への好し

給食のそば米汁は米とれぬ祖谷《いや》に生まれし郷土の料理

踊る見るどちらも阿呆《あはう》と言ふけれど我は踊れぬ阿波女なり

三味線に阿波踊りもて迎へけり田舎道来る花嫁行列

庭先に構へた竈《かまど》に米を蒸し近隣集ひ餅搗きし年の瀬
男衆《をとこし》の搗きたる餅を女子衆《をなごし》がすぐさま丸め麹蓋《もろぶた》に並ぶ
大ぶりの丸餅三つ四つ平らげし雑煮の具材は芋と大根
鏡餅の青かび赤かび刮《こそ》げ取り火鉢に焼くころ梅ほころびぬ

半田素麺は少し太めの麺でパスタの味付けにもできるというのが今風である。徳島の食生活を支えてきた麺への親しみが率直に詠まれている。稲作に適さない土地で工夫されたそば米汁の簡素な味は祖谷という地名と寂しげに響き合う。花嫁行列を迎える阿波踊り、年の瀬に近隣の人々が集まり力を合わせて搗く餅。芋と大根が入った雑煮、鏡餅の黴をこそげて焼いて食べる早春。過ぎ去った光景や行事を回想する歌にはノスタルジーだけではない、質素でも作者にとって鮮烈で手ごたえのあった体験や記憶がある。それは習俗や暮らしの現場がくっきりとした具体性のある表現で刻印されているからだ。ふるさとの歌は「我は踊れぬ阿波女なり」の羞恥と自嘲をもつ作者にも関わってくるだろう。阿波踊りの熱狂に入ってゆけない性格と身体は、どのような時も理知的で醒めた把握をしてしまうようだ。

線路走る乗り物なべて汽車と呼ぶ我がふるさとに電車は無くて
デパート無く商店つぎつぎ姿消しパーキングのみ増えゆく県都
わが町にもインバウンドの兆しあり公共トイレに中韓英語
絡みあふ電線無くなり垂直の雨が降るなり広き舗道に
建ち並ぶユニクロはるやまＫＦＣ　狭間に青む早苗田のあり
ひと日のみシャッター街に開かるる産直市の賑はひ侘し

徳島県にはいわゆる電車がない。ＪＲは汽車（気動車）を走らせており、電化から遅れたふるさとを作者は寂しく見ている。県都も昨今の人口減少を免れず、街の賑わいや華やかさを支える店舗が軒並み消えてゆく。車社会を象徴するパーキングやインバウンドへの対応、早苗田の間に見えるチェーン店などは地方の特色を消し均質化してゆく現代の光景だ。シャッター街に開かれた産直市を「賑はひ侘し」というほかない。ふるさとの現実は独自性を失い嘘くさい明るさが表層を覆っており、その変化を捉えた歌に時代感が如実に出ている。徳島の過去と現在の両方を詠んだことによって作者は重層的にふるさとを捉えることができた。

新井さんが歌集をまとめる思いになったのは、夫亡き後の人生の句読点のようなものを打ってみたいということであった。

子の贈りくれたる盃欠けたるをボンドで接ぎて使ひき夫は

ホスピスの長かりし夜に氷つぶ含ませやれば美味いと言ひき

墓参りは晴れた日にせむ青空を住処と決めて逝きたるからに

亡き夫に今なほ届くDMを彼の世へ転送「買《こ》うてもええよ」

孫子らの帰省の集ひのスカイプに鴨居の額の中よりぢいちゃん

夫逝きてわれに霊力有るごとくパラレルワールド行きつ戻りつ

夫は工芸に長けていたそうで、歌集の表紙カバーには夫が制作した金工品の写真を選んだ。夫はホスピスで残りの時間を悟ったが、妻である作者は別れを受け入れるまで時間がかかったようだ。本集には生前の夫の歌は省かれてしまったが、亡き後に呼びかけをしている歌が印象的である。ＤＭ、転送、スカイプ、パラレルワールドなどの語によって夫とつながろうとしている。作者の洒落た遊び心が喪失感を埋めようと働いているのだ。

一人旅デビュー果たせりいつの日か亡き人住むとふ彼岸へ行かな
出で立ちはリュック・ジーンズ・スニーカー前屈みにて信号渡る
コンビニにレジ待つあひだ藍毘尼《ルンビニ》は釈迦生誕の地など思へり
申告の書類に記さるる寡婦控除さうだ私はカフだつたのだ
どうも上手くいかないのです独り居は箸一本でうどん食ふごと

「お主やるな」取説《トリセツ》取り出し掃除機の不具合直す援《たす》け借りずに

飯時を何時に決めても文句出ずぼつちソロ活そこそこ楽し

なんたつてバナナは黒いのが美味い何を恥ぢてか隠れて食べる

依頼者も引受人も老い人なり労りあひつつ庭木剪定

小さきも高品質で低価格　家電にあらず葬儀のチラシ

一人になった生活や老いの意識を詠んだ歌は実に個性的であり、新井さんの幅のある表現力と闊達な精神があふれている。本当は夫とともに旅に出掛けたかったが一人旅デビューと称して前に進み寂しさを払おうとする。外出の際は若者と同じスタイルだが自身の実態は前屈みの老人であると客観的に描く。ちょっとした待ち時間にコンビニとルンビニの韻を楽しんでいるところには作者の教養がにじむ。「さうだ私はカフだつたのだ」の気づきと「箸一本でうどん食ふごと」は趣が異なるが作者の中に同時に存在するものだ。その角度の違いが一人で生き始めた「私」を硬直させずやわらかに映し出すものとなっている。それはある時「お主やるな」と大らかなユーモアになる。トリセツ、ぼっちソロ活などいまどきの言葉を積極的、意識的に取り入れて精神の活性化をはかるところも新井さんのしなやかさだ。

新井さんの周辺には老夫婦だけ、あるいは一人暮らしの老人が多いという。徳島に限らず日本の地方都市では地元に就職先が少なく、ほとんどの若者が学校を卒業したあと県外に出て行く。近距離に子どもやその家族がいれば何かあった時にでもすぐに駆けつけられるが、地元や四国を出てしまっている子どもたちにとってスピーディーな帰省はままならない。老人にとっては厳しく、寂しい世の中になったと慨嘆しておられたが、新井さんは自他を含めて置かれている状況や時代を的確に把握し、どのように生きていくべきかを冷静に考えている。

街なかのわが家の軒の注連縄の稲穂見つけて騒ぐ雀ら

五年余の絶食の後死せりとふダイオウグソクムシの哲学

クエン酸入れたる刹那マゼンタの狂気あらはる紫蘇の葉煮れば

暮らしの周辺で出会う動物、植物などに心を寄せた作品も多く、鋭い観察眼や命についての思索が深められている。また次のような懐かしく切ない抒情にあふれた作品に心惹かれるものがあった。

麦藁で編んだよ帽子も虫かごも傷めば燃《も》して土に還した

くちづけをすれば日向《ひなた》の味のするハーモニカ吹く夕焼け小焼け

麦藁もハーモニカも戦後の乏しい生活の中で心を慰めたものであった。「土に還した」は唐突でありながら当然の帰結で、余韻の中に空虚さと温かさがないまぜとなっている感じだ。ハーモニカは日向の味というのに納得する。日向から夕焼けへの推移にはお日様のもとで過ごした穏やかな安心感が漂っている。

川渡り花街道を行くといふ彼の世のマップあらぬかグーグル
出会ひより別れのはうが詩《うた》になる決別はまた希望の芽吹き
生きるとは再演の無き芝居なり日日シナリオを書き継ぎながら

彼の世のマップ、決別、再演の無き……言葉をあげてみると寂しく、覚悟が感じられるが、歌の内容は自由で風通しがいい。年齢的な感慨に終わらず必ず思索し前を向くのが新井さんの歌の美質と力量である。歌にしたいことはまだまだたくさんあるというようなアンテナの張り方と気力が伝わってくる。短歌の出発は遅かったが新井さんにはこれからもたくさん詠んでいっていただきたい。この歌集が多くの人に読まれ、作者を次の道へと励ましてくださるようにと願う。

あとがき

短歌を始めて二十年になります。年齢的にも一つの区切りとして歌集を編むことを思い立ちました。この度、かりん叢書として歌集『再演の無き』を上梓できましたことは、身に余る光栄と喜んでおります。歌集には、二〇一六年以降の「かりん」誌に投稿した歌を中心に選んだ四三二首を収めました。歌集名は「生きるとは再演の無き芝居なり日日シナリオを書き継ぎながら」の一首から採りました。高齢者として覚束ない毎日を生きる私の実感です。

短歌には以前から関心があったものの、全くの初心者で、退職後まもなく入会した「徳島歌人新社」において、先輩の方々から指導を受けながら第一歩を踏み出しました。そして、十年前には、友人の勧めで「歌林の会」に入会し、より広く多くの方々から学んでまいりました。地方に住んでいるため、歌会などには出席することが難しく、専ら毎月の「かりん」誌を読むことで、短歌の奥深い世界や幅広い知識さらにはその魅力を教えられました。

また、七年前には新聞の地方版歌壇の選歌を依頼され、任の重さに躊躇しましたが、何とか頑張ってみようと引き受けました。戸惑い悩むことも多くありましたが、投稿歌を通じて様々な人生を考えさせられる貴重な体験ともなり、有意義な六年間でした。

書架に並ぶ沢山の短歌誌や歌集などを眺める度、短歌によって日常生活が満たされ、交友関係が広まり、明日への希望を持つことができたのではという思いがします。振り返れば、最初の頃の拙い中にも新鮮な感動の見て取れる歌に比べて、年とともに、類型的な歌が増えているように思われ、初心に返らねばと改めて感じています。

二十年の間には、夫が亡くなり生活が一変するなど、それなりに色々なこともありました。しかし、まずまず健康で一度も欠詠することなく、投稿を続けてこられたのは幸いなことでした。パンデミック、侵略戦争と不穏な空気の満ちる現在の世界の中で、高齢者として生きていくことに大きな不安を感じているこの頃ですが、これからもささやかな感動を短歌に詠むことで自らを励まし、そして皆さまに励まされながら過ごしてゆきたいと思っております。

歌集出版にあたり、米川千嘉子様、梅内美華子様にはひとかたならぬお世話になりました。米川様からは全体的なご指導を賜りました。梅内様には拙作を何度も精読してくださり、具体的なご助言やご指摘をしていただいた上に、懇切丁寧な解説まで頂戴し、この上ない幸せと感謝しております。また、「歌林の会」の馬場あき子先生はじめ選者や編集委員の方々、その他の会員の皆さまからは誌面を通して多くの示唆をいただきました。改めて感謝とお礼を申しあげます。

さらにまた、地元結社の「徳島歌人新社」で長年親しくご指導くださった故斎藤祥郎様や故佐藤恵子様そして会員の皆さまに、この場を借りて厚くお礼申し上げます。

出版に際しまして、本阿弥書店の奥田洋子様、松島佳奈子様そして装幀をお願いした小川邦恵様には、大変お世話になり本当にありがとうございました。

二〇二三年七月

新井　忠代

著者略歴

新井忠代（あらい・ただよ）

1943年	徳島県南井上村（現徳島市）に生まれる
1966年～2003年	徳島県公立中学校等に勤務
2003年	「徳島歌人新社」入会
2013年	「歌林の会」入会
2016年～2021年	朝日新聞「徳島版歌壇」の選者（筆名井上みなみ）
2017年	歌集『デルタの街』刊行（徳島歌人新社、私家版）

かりん叢書第四一九篇

歌集 再演《さいえん》の無《な》き

二〇二三年九月十日 初版発行

著 者 新井 忠代

発行者 奥田 洋子

発行所 本阿弥《ほんあみ》書店

東京都千代田区神田猿楽町二―一―八

三恵ビル 〒一〇一―〇〇六四

電話 〇三（三二九四）七〇六八

印刷・製本 日本ハイコム㈱

定 価 二九七〇円（本体二七〇〇円）⑩

ISBN978-4-7768-1651-5 C0092（3367）